Analyse d'œuvre

Rédigé par Delphine Fayard

L'Ingénu

de Voltaire

Profil Littéraire

ANALYSE DES PERSONNAGES   26

ANALYSE DES THÉMATIQUES   32

STYLE ET ÉCRITURE   43

LA RÉCEPTION DE *L'INGÉNU*   54

BIBLIOGRAPHIE 60

VOLTAIRE

- Né en 1694 à Paris
- Mort en 1778 dans la même ville
- **Quelques-unes de ses œuvres :**
  - *Lettres philosophiques* (1734), recueil épistolaire
  - *Candide ou l'Optimisme* (1759), conte philosophique
  - *Traité sur la tolérance* (1763), traité

Voltaire est une figure emblématique du siècle des Lumières. Côtoyant les souverains éclairés d'une Europe alors francophone, il se distingue par sa pensée dissidente et ses critiques virulentes contre la corruption des institutions politiques et religieuses, le fanatisme et l'intolérance. « Écrasons l'Infâme » devient ainsi la devise de sa lutte contre l'obscurantisme.

Ses prises de positions tranchées lui valent d'être emprisonné plusieurs fois et le contraignent à l'exil, notamment en Angleterre, où il fait l'expérience d'une société garantissant une plus grande liberté de pensée dans le contexte d'un régime monarchique constitutionnel.

Sa production littéraire d'une très grande diversité, le plus souvent polémique et parue dans la clandestinité, témoigne de son refus de se plier à un genre ou à un système. Sa constante volonté est de former l'esprit de son lecteur. Pour cela, il écrit tragédies (*Œdipe*, 1717), poésies épiques (*La Henriade*, 1728), œuvres historiques (*Le Siècle de Louis XIV*, 1752), articles de l'*Encyclopédie*, lettres ouvertes polémiques

(*Lettres philosophiques*), ouvrages de vulgarisation scientifiques (*Éléments de la philosophie de Newton*, 1738), contes philosophiques (*Zadig ou la Destinée*, 1748 ; *Candide ou l'Optimisme*).

La langue voltairienne se caractérise par son ton vif et tranchant, sa verve limpide et sa dextérité à faire de l'ironie une arme au service des idéaux des Lumières.

L'INGÉNU

- **Genre :** conte philosophique.
- **1ʳᵉ édition :** 1767
- **Édition de référence :** *L'Ingénu*, Paris, Gallimard, coll. « Folioplus Classiques », 2004.
- **Personnages principaux :**
  - L'Ingénu, un Huron (Indien du Canada) neveu des Kerbabon, baptisé Hercule de Kerbabon. Plein d'esprit et dépourvu de préjugés
  - Mˡˡᵉ de Saint-Yves, marraine de l'Ingénu, qu'elle espère épouser
  - L'abbé de Kerbabon, ecclésiastique fort apprécié, oncle de l'Ingénu
  - Mˡˡᵉ de Kerbabon, sœur très pieuse de l'abbé de Kerbabon
  - Gordon, père janséniste emprisonné à la Bastille, qui éduque l'Ingénu et devient son confident et ami
  - Le bailli, officier de judicature représentant le pouvoir du roi en Province. Il prétend marier son fils à Mˡˡᵉ de Saint-Yves
  - M. de Saint-Pouange, cousin de Mgr de Louvois, ministre de la guerre de Louis XIV (roi de France, 1638-1715). Il exerce un chantage éhonté sur Mˡˡᵉ de Saint-Yves afin de l'épouser
  - Le père Tout-à-Tous, confesseur jésuite poussant Mˡˡᵉ de Saint-Yves à céder aux avances de M. de Saint-Pouange pour libérer l'Ingénu
- **Thématiques principales :** mythe du bon sauvage, duplicité, préjugés, poids des conventions et de l'eth-

nocentrisme, dénonciation des abus de pouvoir et de la corruption, critique du poids des institutions religieuses, « roman » sentimental d'apprentissage

À la fois conte philosophique et roman d'initiation par les sentiments, *L'Ingénu* rencontre un très vif succès auprès du public français. Le texte est d'abord publié en octobre 1767 à Genève chez les Cramer (grand imprimeur suisse), avant d'être diffusé plus largement en France à partir d'août 1767. Les rééditions sont nombreuses. Voltaire, toujours avide d'instaurer un jeu autour de la construction de son personnage d'auteur, utilise, comme très souvent, un pseudonyme qui le protège tout autant qu'il le laisse deviner. Il publie cette fois-ci sous le nom d'un personnage de son époque, M. Du Laurens (1719-1793), satiriste anticlérical contemporain.

Publié sous le règne de Louis XV (roi de France, 1710-1774), l'action se déroule en 1689, moment paroxystique de l'absolutisme louis-quatorzien. Cette double échelle temporelle permet d'aborder des problématiques communes aux deux époques tout en instaurant un recul critique.

LA VIE DE VOLTAIRE

Voltaire vers 1724.

ÉDUCATION RELIGIEUSE ET FRÉQUENTATIONS LIBERTINES

François-Marie Arouet, dit Voltaire, nait à Paris le 21 novembre 1694. Son père est notaire puis receveur des épices à la Chambre des comptes à Paris, proche des ducs de Richelieu et du mémorialiste le duc de Saint-Simon (1675-1755). Sa mère est la fille d'un greffier au Parlement de Paris. Plus tard, Voltaire s'amuse à avancer sa naissance à la date du 20 février 1694 et à se prétendre le fils d'un Monsieur de Rochebrune, se rattachant ainsi à la noblesse d'épée.

Au collège Louis-le-Grand, institution jésuite, Voltaire excelle en philosophie, en rhétorique et en latin. Son parrain, l'abbé de Chateauneuf (1650-1703), lui fait côtoyer les sociétés libertines. Le libertinage du début du XVIIIe siècle se définit avant tout comme un mouvement de pensée qui réfute dogmatisme et superstition – ce n'est que plus tard qu'il se teintera de connotations de dépravations morales ou sexuelles. S'opposant à la volonté paternelle de poursuivre des études de droit, Voltaire fréquente les salons littéraires les plus renommés, comme celui de la femme de lettres Ninon de Lenclos (1620-1705), et la société du Temple, cercle littéraire et philosophique déiste, dont Jean-Jacques Rousseau (1712-1778) sera également un habitué. Suite à divers scandales amoureux, il part pour la Haye comme secrétaire de l'ambassadeur en charge des négociations du traité d'Utrecht (traités mettant fin à la guerre de succession d'Espagne, 1713).

EXIL EN ANGLETERRE

Le 1ᵉʳ septembre 1715, Louis XIV meurt. Cette date marque le début de la Régence exercée par le duc d'Orléans (1674-1723) et des prises de position politiques de Voltaire qui publie de nombreux vers sur les amours scandaleuses du Régent.

Exilé en 1716, puis emprisonné à la Bastille de mai 1717 à avril 1718, le jeune François-Marie prend le pseudonyme de Voltaire, beaucoup s'accordant à dire qu'il s'agit de l'anagramme d'« AROUET l(e) J(eune) » (le « U » et le « V », le « I » et le « J » s'employant indistinctement au XVIIIᵉ siècle).

Il rencontre son premier grand succès avec sa tragédie *Œdipe*, et poursuit avec *La Ligue*, première version de *La Henriade*, poème épique en dix chants traitant des guerres de religions qui secouèrent la France d'Henri IV (roi de France, 1553-1610).

L'année 1723 signe la fin de la régence. Grâce à ses succès littéraires et à la protection de grands noms du royaume, Voltaire acquiert une influence littéraire et politique : trois de ses pièces sont jouées au mariage de Louis XV. Il commence déjà à se définir par une pluralité de voix et une multiplicité de postures. Poète reconnu à la cour, proche des puissants et influant dans les réseaux diplomatiques, il se construit une image de philosophe engagé au service de la liberté et de la tolérance.

En 1726, un incident précipite son départ outre-Manche ; alors qu'il assiste à une représentation de théâtre, une querelle éclate avec le chevalier de Rohan, héritier d'une noblesse très illustre. Pour échapper à la prison, Voltaire s'exile.

Les premiers mois en Angleterre sont marqués par des événements douloureux : deuils, spoliation par son frère, revers de fortune. Voltaire rencontre le roi Georges Ier (roi de Grande-Bretagne et d'Irlande, 1660-1727), ainsi que les grands écrivains Edward Young (1681-1765), Jonathan Swift (1667-1745) et Alexander Pope (1688-1744).

Grand admirateur de la pensée anglaise et de la philosophie de John Locke (1632-1704), il établit une comparaison avec l'état de la société monarchique française : l'émulation intellectuelle qui règne en Angleterre est selon lui la conséquence directe d'un système monarchique constitutionnel et de l'esprit de tolérance que celui-ci insuffle dans le pays.

RENCONTRE AVEC ÉMILIE DU CHÂTELET

Fin 1728, Voltaire revient en France. Il consacre alors une grande partie de son temps à des opérations financières très fructueuses basées sur des remboursements d'obligations par loterie. Cette anecdote révèle un trait constant bien que souvent méconnu de la personnalité de Voltaire : tout au long de sa vie, il n'aura de cesse d'insister, que ce soit dans sa correspondance ou dans les faits, sur l'importance de se garantir une bonne sécurité financière. Ainsi se consacre-t-il quelques années plus tard au commerce de fournitures des armées.

En 1732, il publie *Zaïre*, tragédie qu'il souhaite voir s'inscrire à la suite de celles des grands auteurs dramatiques du

XVIIe siècle, Corneille (1606-1684) et Racine (1639-1689) en particulier. Au mois de juin 1733, il rencontre Émilie du Châtelet (1706-1749), femme de lettres et scientifique renommée, avec qui il entretient une liaison tout autant amoureuse qu'intellectuelle.

L'influence de la pensée anglaise se ressent dès 1734 avec la parution de ses *Lettres philosophiques*, recueil de lettres ouvertes dénonçant les institutions politiques et religieuses françaises. Cette publication provoque un scandale, et Voltaire se réfugie chez Madame du Châtelet à Cirey, en Lorraine. Ces cinq années de retraite – entrecoupées d'exils forcés en Hollande, notamment au lendemain de la publication du poème satirique *Le Mondain* – constituent une importante période de réflexion pour Voltaire qui travaille à ses essais philosophiques, historiques et scientifiques.

DE LA COUR DE LOUIS XV À CELLE DE FRÉDÉRIC II

L'intense correspondance commencée en 1736 avec Frédéric II (roi de Prusse, 1712-1786) et leurs rencontres à Berlin permettent à Voltaire d'assurer de nouveau des fonctions diplomatiques lors de la guerre de Succession d'Autriche (1740-1748) et ainsi, de se rapprocher de la cour de Louis XV dès 1744. Soutenu par Madame de Pompadour (1721-1764), maîtresse royale et grande protectrice des arts et des lettres, il est reçu à l'Académie et nommé historiographe du roi.

Mais, toujours aussi irrévérencieux, Voltaire ne fait pas un bon courtisan. Après trois années à la cour, c'est la disgrâce. Il revient à la philosophie et commence ses premiers contes, notamment *Zadig ou la Destinée*, reflet de ses déboires auprès des puissants.

Madame du Châtelet meurt le 10 septembre 1749 des suites de son accouchement. Abattu par sa disparition, Voltaire accepte en juin 1750 l'offre de Frédéric II de se fixer à Berlin où il reste jusqu'en 1753. Ses pièces intéressent peu la critique : elle lui préfère les philosophes comme Diderot (1713-1784), d'Alembert (1717-1783) ou Rousseau, qui se détachent davantage des canons classiques. Toutefois, avec *Le Siècle de Louis XIV* ou *Micromégas* (1752), Voltaire continue à affirmer son esprit novateur et sa suprématie intellectuelle en Europe.

Mais, alors qu'il cherche à s'imposer comme conseiller du roi de Prusse à Postdam (Allemagne), une querelle éclate à propos de *La Diatribe du docteur Akakia* (1753), pamphlet sur un haut fonctionnaire prussien. Voltaire est emprisonné à Francfort. Rejeté par la plupart des cours d'Europe, il s'installe en Suisse.

RETRAITE EN SUISSE ET À FERNEY

1755 est une autre année marquante dans la vie de Voltaire. Le très meurtrier tremblement de terre de Lisbonne le marque profondément – ainsi que nombre de ses contemporains – d'un point de vue humain et philosophique.

Cette catastrophe, amplement relayée à travers des descriptions plus apocalyptiques les unes que les autres, est le point de départ d'un questionnement sur l'origine du mal, sur l'injustice du sort en lien avec une possible volonté divine et sur la Providence.

Cet événement tragique remet ainsi en cause l'optimisme leibnizien reflété par la maxime du « Tout est bien », critique que l'on retrouvera notamment dans *Candide ou l'Optimisme*, quelques années plus tard (1759), le philosophe marquant encore son opposition contre toute certitude ou dogmatisme. C'est à propos de ce débat sur la Providence que commence à naître l'opposition entre Voltaire et Rousseau.

Ce dernier, initialement admirateur du philosophe, ne voit dans cette catastrophe rien d'autre que la conséquence de l'association des hommes corrompus en société – car sortis de leur état de nature, c'est-à-dire de l'âge d'or rousseauiste. Les tensions s'accentuent encore lorsque Rousseau publie son *Discours sur l'origine et les fondements de l'inégalité parmi les hommes* (1755), véritable réquisitoire contre l'homme civilisé et contre la notion de propriété qui marque selon lui la fin de la liberté de l'homme à l'état de nature dont la vie n'était jusqu'alors régie que par ses simples besoins. Voltaire, ironique, lui répond, dans un échange épistolaire d'idées propre aux philosophe des Lumières, que l'envie lui prend de « marcher à quatre pattes » à la lecture de son discours (lettre du 30 août 1755) et fait référence, dans cette même lettre, aux « sauvages du Canada », presque douze ans avant la publication de *L'Ingénu*.

C'est à cette même époque que Voltaire commence à colla-borer à l'aventure de l'*Encyclopédie*. Mais, alors que le projet de Diderot et d'Alembert fait l'objet de censures, il s'installe à la frontière franco-suisse en 1759, dans le village de Ferney. C'est une période très féconde littérairement. Ferney devient un lieu de sociabilité pour les intellectuels européens. Voltaire prend position contre l'intolérance et le fanatisme, par exemple lors de l'affaire Calas (1761-1762), en se battant contre une erreur judiciaire. Le marchand protestant, accusé d'avoir assassiné son fils pour l'empêcher de se convertir, est condamné à mort ; sa mémoire est réhabilitée en 1771.

En 1778, Voltaire revient à Paris et reçoit un accueil triomphal. Il s'éteint le 30 mai 1778. D'abord refusé d'inhumation, il est finalement enterré dans la chapelle de Scellières, puis transféré au Panthéon le 11 juillet 1791 au cours d'une grande fête de la Révolution française (1789), reposant ainsi auprès des grands hommes ayant marqués l'Histoire de France.

RÉSUMÉ DE *L'INGÉNU*

CHAPITRE I

Le 15 juillet 1689, l'abbé de Kerbabon, ecclésiastique fort apprécié de sa paroisse, et sa sœur, Mlle de Kerbabon, évoquent lors d'une promenade au bord de la mer à Saint-Malo le triste sort de leur frère et de leur belle-sœur, partis pour le Canada trente ans auparavant et portés disparus depuis. Ils sont distraits par l'arrivée dans la baie d'un navire de commerce anglais. Un homme attire leur attention. Son accoutrement atypique, son naturel et sa spontanéité les intriguent, et ils l'interrogent sur ses origines : c'est un Huron (un Indien du Canada).

La nouvelle se répand dans la région. Un souper est bientôt organisé en son honneur. Il explique qu'on le nomme l'Ingénu, car il dit toujours naïvement ce qu'il pense. Tous le questionnent, en particulier les Kerbabon et le bailli. La jeune sœur de l'abbé de Saint-Yves se montre particulièrement prévenante envers le jeune homme. Les interrogations des convives révèlent bien souvent leur ethnocentrisme : par exemple, ils ne conçoivent pas que l'Ingénu puisse désigner le huron comme la plus belle des langues, ou encore qu'il n'ait pas été baptisé.

CHAPITRE II

De retour d'une séance de chasse matinale, l'Ingénu offre aux Kerbabon un talisman formé de deux petits portraits dont il ne se sépare jamais. Ils y reconnaissent avec stupeur les traits de leur frère et de leur belle-sœur ; ce Huron orphelin n'est donc autre que leur neveu !

CHAPITRE III

Décidé à se faire baptiser, l'Ingénu commence la lecture des textes saints et souhaite se conformer à leurs principes. Il se heurte cependant aux nouveaux dogmes et aux pratiques contemporaines de la foi. Ainsi refuse-t-il tout d'abord de se confesser, car aucun apôtre n'a fait une telle démarche.

CHAPITRE IV

De même, l'Ingénu souhaite se faire baptiser non dans une église, mais dans un fleuve, ainsi qu'est décrite la cérémonie dans les Actes des Apôtres.

Seule Mlle de Saint-Yves parvient à le raisonner et à le mener à la fastueuse cérémonie censée avoir des retombées prestigieuses sur la petite ville bretonne. Le Huron est baptisé Hercule et Mlle de Saint-Yves est choisie en qualité de marraine. Il s'agit là d'un élément déclencheur de la trame dramatique du conte : liés par le baptême, le sacrement du mariage leur est interdit.

CHAPITRE V

L'Ingénu, très amoureux, se décide donc à demander la main de Mlle de Saint-Yves à l'abbé, qui lui explique alors l'impossibilité d'une telle alliance. La sœur du prieur propose alors de demander une dérogation au pape, ce que l'Ingénu trouve « d'un ridicule incompréhensible » (p. 33).

Ce projet de mariage contrarie le bailli qui désirait arranger une alliance entre son fils et la « belle Saint-Yves ».

CHAPITRE VI

Pour l'Ingénu, le terme « épouser » renvoie non seulement au sacrement, mais également – et surtout – aux « privilèges de la loi naturelle » (p. 35) ; il ne voit pas pourquoi ils devraient obtenir l'aval d'une quelconque institution pour consommer leur union. Il court donc chez sa maîtresse qui s'effraie de ses dispositions. Tous tentent de le raisonner, et le bailli, poursuivant toujours son projet de mariage, conseille d'envoyer la jeune fille dans un couvent afin de la protéger des ardeurs du Huron.

CHAPITRE VII

Quelques temps plus tard, l'Ingénu s'illustre en repoussant un débarquement anglais sur les côtes bretonnes. Acclamé, il part pour Versailles en espérant que le roi récompensera son mérite en le laissant épouser Mlle de Saint-Yves.

CHAPITRE VIII

Dans une hôtellerie sur la route de Versailles, le Huron rencontre des protestants fuyant la France pour échapper aux dragonnades (actes répressifs commis par des soldats persécutant les huguenots depuis la révocation de l'édit de Nantes par Louis XIV en 1685). Indigné, l'Ingénu promet d'intercéder en leur faveur auprès du roi. Un jésuite espion s'empresse de prévenir la cour des intentions du Huron.

CHAPITRE IX

Arrivé à Versailles, l'Ingénu se voit refuser un entretien avec le roi. Le jésuite ayant averti la cour de ses amitiés huguenotes, il se fait jeter en prison dans la cellule de Gordon, un vieux prêtre janséniste de Port-Royal.

CHAPITRE X À XII

S'ensuit une période d'apprentissage auprès de Gordon.

L'emprisonnement est paradoxalement synonyme d'ouverture et d'épanouissement intellectuel pour l'Ingénu. Les sujets abordés vont des doctrines du jansénisme à la géométrie, la physique, l'histoire antique et contemporaine ou encore au théâtre.

CHAPITRE XIII

Après plusieurs mois sans nouvelle de l'Ingénu, l'abbé de Kerbabon et sa sœur décident de partir à sa recherche. Alors que le bailli organise le mariage de son fils et de Mlle de Saint-Yves, la jeune femme parvient à s'enfuir à Paris.

CHAPITRE XIV

L'Ingénu poursuit ses progrès. Toutefois, s'il se « civilise », c'est aussi une éducation inversée pour le janséniste qui apprend des sentiments et du bon sens de son ami et élève.

Mlle de Saint-Yves rencontre M. de Saint-Pouange, « cousin et favori » (p. 69) du ministre de la guerre Louvois, et qui seul peut intercéder en faveur de la libération de l'Ingénu. M. de Saint-Pouange lui fait comprendre de manière explicite que si elle veut la libération de l'Ingénu, Mlle de Saint-Yves doit devenir sa maîtresse. Effondrée, elle consulte le père jésuite Tout-à-tous. D'abord choqué, le confesseur change radicalement d'avis quand il apprend que le chantage vient du très puissant M. de Saint-Pouange. Il justifie alors sa conduite et utilise tous les moyens de la casuistique (forme d'argumentation théologique traitant des cas de conscience) pour la convaincre de céder par vertu pour libérer le Huron.

CHAPITRE XVIII

Mlle de Saint-Yves se résout donc à se donner à M. de Saint-Pouange. Partie libérer son amant, elle se sent d'autant plus honteuse que l'Ingénu la regarde comme un modèle de vertu. Ignorant la véritable raison de sa libération, il lui demande de faire aussi libérer son ami Gordon.

CHAPITRE XIX À XX

Alors que les réflexions sur ces longs mois d'emprisonnement constituent le thème principal du souper entre l'Ingénu, Gordon, les Kerbabon et Mlle de Saint-Yves, cette dernière sent ses forces décliner et des médecins sont appelés en toute hâte. Elle explique enfin les raisons de sa maladie et du sentiment de culpabilité qui la détruit. Les paroles aimantes et rassurantes de l'Ingénu ne l'empêchent pas de s'éteindre au cours d'une scène emplie de pathos, où toutes les actions semblent s'être ralenties pour se concentrer sur ce dénouement tragique (cf. chap. <u>Une esthétique du sensible</u>).

M. de Saint-Pouange, bouleversé en apprenant sa mort, se rend compte trop tard qu'il a brisé des vies. D'abord révolté et animé par un légitime désir de vengeance, l'Ingénu entend le souhait de M. de Saint-Pouange de réparer ses fautes autant que possible. L'Ingénu devient alors un philosophe et un guerrier qui chérira toute sa vie la mémoire de sa maîtresse.

L'ŒUVRE EN CONTEXTE

Rédigé entre l'automne 1766 et septembre 1767, *L'Ingénu* est publié sous le règne de Louis XV, deux années après la mort de la marquise de Pompadour (15 avril 1764), alliée intellectuelle de Voltaire ayant toujours œuvré pour la diffusion de la pensée des Lumières.

Mais comment définir ce mouvement de pensée (tout autant littéraire que philosophique et ayant des retombées scientifiques et humaines) que l'on fait traditionnellement débuter en 1715 – année de la mort de Louis XIV – et finir en 1789 – année du début de la Révolution française ?

L'*Aufklärung* allemand, l'*Illuminismo* italien, l'*Enlightenment* anglais, les Lumières françaises... Durant cette période, l'Europe entière aspire à l'émancipation et pousse l'homme à sortir courageusement de sa « minorité » et à oser enfin se servir de son propre entendement – pour reprendre l'idéologie et la terminologie de Kant (philosophe allemand, 1724-1804) dans son essai *Qu'est-ce que les Lumières ?* (1784).

Derrière une multiplicité d'auteurs, de genres, de styles et de combats, l'esprit de contestation se soude autour d'un socle commun de débats sur la raison, la nature et le bonheur social, la sensibilité, la victoire de l'expérience sur la croyance, la lutte contre l'arbitraire et l'intolérance.

Cette Europe éclairée est marquée politiquement, socialement et religieusement par une série d'événements majeurs dont le texte de Voltaire se fait l'écho : la fin de la lutte pour l'hégémonie commerciale et territoriale avec l'Angleterre, la dissolution de l'ordre des jésuites, la réhabilitation de Calas, etc.

Toutefois, la spécificité de *L'Ingénu* vient en partie du fait qu'il se caractérise par une double temporalité : le temps de l'écriture (1766-1767) et le temps de la narration indiqué dans l'incipit (1689). Cette binarité temporelle incite à comparer l'évolution des problématiques et à porter un regard critique sur le siècle. La mise en doute et le questionnement forment ainsi la clé de voûte de l'œuvre de Voltaire.

LES LUTTES POLITIQUES, ÉCONOMIQUES ET TERRITORIALES ENTRE LA FRANCE ET L'ANGLETERRE

Au temps du récit

Le XVIIe siècle est marqué par la lutte franco-anglaise pour le partage des terres d'Amérique du Nord – du Québec au Nouveau-Mexique – aux dépens des populations autochtones, Iroquois et Hurons. *L'Ingénu* fait référence à ces luttes : « J'ai été fait, dans un combat, prisonnier par les Anglais, après m'être assez bien défendu. » (p. 11) En 1663, Louis XIV charge Colbert, alors contrôleur général des finances, d'organiser la Nouvelle-France comme une Province du Royaume. En 1681, une expansion menée par Cavelier de la Salle (1643-1687) vers le Nouveau-Mexique déclenche un conflit avec les Anglais.

Au temps de la publication

Cette concurrence territoriale a des répercussions commerciales : la guerre de Sept Ans oppose les deux puissances de 1756 à 1763 en Europe comme aux Amériques. Cette guerre se solde par la défaite de la France et la signature du traité de Paris en 1763.

Monarchie constitutionnelle contre monarchie de droit divin

À ces luttes économiques et territoriales se greffe une rivalité politique. En Angleterre en 1688, soit un an avant le début de la narration de *L'Ingénu*, Guillaume d'Orange (1650-1702) renverse le roi catholique Jacques II (1633-1701) au cours de la « Glorieuse Révolution », à laquelle participent entre autre des huguenots ayant fui la France après la révocation de l'édit de Nantes.

Au chapitre VII de *L'Ingénu*, la description de la tentative de débarquement anglais fait référence à l'une des attaques menée par Guillaume d'Orange sur les côtes de France, le roi Jacques II s'y étant réfugié après son renversement. En février 1689, Guillaume d'Orange devient roi, et le principe de monarchie constitutionnelle devient effectif en Angleterre par la signature du « Bill of Rights ». Ce système monarchique est perçu par nombre de philosophes comme un régime politique idéal, car la souveraineté ne réside plus intégralement dans l'autorité royale. L'exercice du pouvoir est limité par les règles posées par la Constitution, garantissant ainsi un net progrès dans la protection des libertés.

Au temps du récit

En 1598, le roi Henri IV promulgue l'édit de Nantes, édit de tolérance qui met fin aux guerres de religions et garantit aux protestants la liberté de culte. Dès 1629 pourtant, une partie des clauses du traité est révoquée. À partir de 1661 – date de la prise du pouvoir de Louis XIV – les huguenots perdent progressivement leurs droits. D'abord encouragés à se convertir, le durcissement catholique du règne imposé par les jésuites sous l'influence de Madame de Maintenon (1635-1719), les pressions économiques et répressions physiques dont ils sont victimes, et finalement l'édit de Fontainebleau du 22 octobre 1685 révoquant l'édit de Nantes, contraignent plus de 200 000 protestants à l'exil.

Au temps de la publication

Voltaire écrit *L'Ingénu* peu après l'affaire du chevalier de la Barre (1745-1766) et le procès en réhabilitation de Calas. Le chevalier de La Barre, accusé d'avoir profané un crucifix, est condamné à mort et brulé avec son exemplaire du *Dictionnaire philosophique*. Jean Calas (1698-1762), un marchand protestant, est injustement condamné à mort pour avoir assassiné son fils afin de l'empêcher de se convertir au catholicisme ; il s'agissait en réalité d'un suicide.

JÉSUITES OU JANSÉNISTES ? LA CRITIQUE DE L'INSTITUTION RELIGIEUSE

La philosophie des Lumières s'attaque au fanatisme et au dogmatisme des institutions religieuses qui prennent le pas sur la raison, l'entendement et les libertés individuelles.

Au temps du récit

À partir des années 1660, sous l'influence de la Compagnie de Jésus, les jansénistes sont persécutés, à l'image du père Gordon.

Définir le jansénisme est particulièrement complexe puisque les intéressés eux-mêmes réfutent cette appellation, ne considérant pas faire partie d'un mouvement catholique dissident. Hostile à l'absolutisme royal incarné par Louis XIV, le jansénisme apparaît comme un mouvement à la fois politique et religieux, marqué par une réflexion sur la Providence, la grâce divine et le salut de l'Homme, ainsi que par une nette opposition dogmatique à la casuistique jésuite. L'année 1709 marque le paroxysme des persécutions, avec la destruction du couvent de Port-Royal.

L'ancrage historique polémique de *L'Ingénu* est renforcé par l'attribution de la paternité de l'œuvre à Monsieur Du Laurens, satiriste anticlérical, les aventures du Huron étant présentées dans les pages liminaires comme ayant été « tirées des manuscrits du père Quesnel » (1634-1719), auteur jansénistes des *Réflexions morales*, condamnées par le pape Clément XI.

Au temps de l'écriture

Lorsque Voltaire rédige *L'Ingénu*, la situation s'est radicalement inversée. Divers scandales financiers conjugués aux attaques incessantes des jansénistes et des protestants en exil ont eu raison des jésuites qui occupaient jusqu'alors des postes privilégiés. Chassés de France à partir de 1764, le pape abolit la Compagnie de Jésus en 1773.

Voltaire utilise ce renversement pour dénoncer l'idée d'institution religieuse, l'Ingénu déclarant ainsi à Gordon : « Je vous plains d'être opprimé, mais je vous plains d'être janséniste. Toute secte me paraît le ralliement de l'erreur. » (p. 70)

LES INFLUENCES LITTÉRAIRES DE SON TEMPS

Si Voltaire s'inspire de ses travaux sur *Le Siècle de Louis XIV* et cite des vers de son *Henriade* (p. 82) dans *L'Ingénu*, l'influence des écrits de ses contemporains s'y fait également sentir :

- en 1761, Rousseau publie *Julie ou la Nouvelle Héloïse*, mettant à la mode le roman sentimental ;
- l'année suivante, ce même auteur publie *Du contrat social*, un ouvrage de philosophie politique ;
- *Tristram Shandy*, roman de Laurence Sterne (1713-1768) publié en Angleterre en 1759, influence grandement Diderot pour la rédaction de *Jacques le Fataliste* qui paraît à partir de 1778 ;
- les contes philosophiques sont très prisés du public depuis les *Lettres persanes* (1721) de Montesquieu (1689-1755) ;
- à partir de 1751, l'*Encyclopédie* occupe le devant de la

scène philosophique et scientifique française ;
- c'est aussi la mode des récits de voyage, notamment avec la publication en 1768-1769 du *Voyage de Bougainville* (1729-1811).

L'Ingénu prend la forme d'un conte philosophique, mêlant problématiques sociales et politiques au topos du bon sauvage, et se construit par certains aspects comme un « roman » sentimental. C'est ainsi qu'il s'inscrit dans la veine des productions littéraires de son temps, tout autant par ses thèmes et problématiques que par son style et son esthétique.

ANALYSE DES PERSONNAGES

Les protagonistes des contes philosophiques ne présentent que très rarement un caractère complexe, abouti et évolutif. En effet, le format court et dense imposé par le genre ne prétend permet pas d'entrer dans la psychologie des personnages qui incarnent, par quelques traits caractéristiques, des stéréotypes. Cependant, philosophe des Lumières, Voltaire aspire à réinventer l'homme et repenser les rapports sociaux ; il entend donc donner un plus profond relief aux protagonistes de son conte, la plupart connaissant une évolution sociale et psychologique.

L'INGÉNU

L'Ingénu est le personnage principal du conte éponyme. Recueilli et élevé par une nourrice huronne après la mort de ses parents, il est fait prisonnier par les Anglais qui, reconnaissant sa bravoure, lui proposent de l'emmener chez eux, ce qu'il accepte. Là, il s'imprègne de leurs principes de gouvernement.

Débarqué sur les côtes de la Basse-Bretagne, il découvre qu'il est le neveu de l'abbé de Kerbabon et de sa sœur qui s'empressent de vouloir le conformer aux normes sociales françaises et le baptisent Hercule.

Présenté comme le stéréotype du bon sauvage n'ayant pas eu l'esprit déformé et corrompu par des préjugés, il est décrit comme un jeune homme empli d'un bon sens naturel. Son don d'observation et son sens critique le poussent à

remettre en question les principes sociaux, religieux, politiques et philosophiques qui lui sont inculqués d'abord par
les habitants de Basse-Bretagne puis par le père janséniste
Gordon lors de son embastillement.

S'il dit toujours ce qu'il pense et agit selon ses envies, son
ingénuité n'exclut pas la réflexion. Pour reprendre la défi-
nition de l'article « Ingénuité » de l'*Encyclopédie*, il s'agit de
la « qualité d'une âme innocente qui se montre telle qu'elle
est, parce qu'il n'y a rien en elle qui l'oblige à se cacher ».
C'est son intelligence épanouie dans un état de nature heu-
reux qui lui permet d'aborder le monde avec clairvoyance et
de former son esprit avec rapidité, voyant les choses telles
qu'elles sont.

Son emprisonnement à la Bastille constitue une étape es-
sentielle de son initiation puisqu'il se forme aux disciplines
classiques et devient philosophe. Mais à cette occasion il
se révèle aussi être un maître pour Gordon : « Un Huron
convertissait un janséniste. » (p. 72)

Outre ses qualités de raisonnement et ses vertus, l'Ingénu
est décrit comme un guerrier courageux : les Anglais reconnaissent sa bravoure, il parvient à repousser une invasion
sur les côtes françaises et devient finalement un « guerrier
et un philosophe intrépide » (p. 102).

Enfin, si la prison constitue le « terrain favorable » (p. 61)
de l'évolution de l'Ingénu, les sentiments qu'il éprouve pour
Mlle de Saint-Yves restent le moteur de sa transformation.
Perdant « l'usage de ses sens » (p. 98) lors de la mort de
sa maîtresse, son silence et le « mélange de compassion

et d'effroi » (p. 98) qu'il suscite soulignent à quel point ce personnage emprunte au pathos des héros des romans sentimentaux.

Mlle DE SAINT-YVES

« Jeune Basse-Brette, fort jolie et très bien élevée » (p. 10), Mlle de Saint-Yves porte d'emblée toute son attention à l'Ingénu et à ses aventures, n'hésitant pas à l'espionner dans sa chambre. Honorée et heureuse de devenir sa marraine, elle est loin de se douter que ce rôle va constituer un obstacle dogmatique à leur mariage. Elle est présentée comme agissant avec « l'honnêteté d'une personne qui a de l'éducation » (p. 34) et obéissant aux codes sociaux de son milieu.

Personnage féminin presque effacé et sujet aux allusions grivoises du Huron dans la première partie du conte, elle se transforme, par amour pour celui-ci, en véritable héroïne tragique. Fuyant un mariage arrangé avec le fils du bailli « encore plus sot et plus insupportable que son père » (p. 33), elle fait preuve « d'assez d'habileté » (p. 67) pour parvenir à Paris. Elle se trouve prise au piège des rouages politiques et égoïstes de la cour et dénonce son « labyrinthe d'iniquités » (p. 79).

Victime d'un chantage sexuel pour obtenir la libération de son amant, elle est décrite comme « belle et désolée » (p. 76), « effrayée » et honteuse (p. 78) de devoir céder par amour.

Son sentiment de culpabilité – renforcé par le contraste avec le cynisme des gens de cour – a finalement raison d'elle lors d'une scène empruntant à l'esthétique pathétique des romans sentimentaux. L'évolution des deux protagonistes, qui les fait dépasser les stéréotypes propres au conte, est mise en parallèle par Voltaire :

> « Ce n'était plus cette fille simple dont une éducation provinciale avait rétréci les idées. L'amour et le malheur l'avaient formée. Le sentiment avait fait autant de progrès en elle que la raison en avait fait dans l'esprit de son amant infortuné. » (p. 82)

LES KERBABON

L'abbé de Kerbabon et sa sœur, respectivement l'oncle et la tante de l'Ingénu, sont des Bas-Bretons très pieux, prenant à cœur leur rôle de parents du Huron, bien que leurs remarques révèlent bien souvent leur ethnocentrisme et leur ignorance. L'abbé de Kerbabon est « aimé de ses voisins après avoir été apprécié de ses voisines » (p. 8) : cette litote ironique souligne les libertés prises par l'abbé par rapport à ses vœux pieux.

Si Mlle de Kerbabon éprouve des sentiments naissants pour l'Ingénu, la découverte des liens familiaux les unissant la pousse à l'accueillir et à le protéger, bien que le Huron prenne toutefois ses distances avec leur volonté paternaliste.

Inquiets d'être sans nouvelle, les Kerbabon entreprennent un voyage à Paris et le retrouvent enfin libéré de sa détention à la Bastille grâce à l'intervention de Mlle de Saint-Yves.

Le père Gordon, janséniste emprisonné depuis de longues années à la Bastille, est l'un des personnages initiatiques clés du conte. Enseignant la géométrie, la physique ou encore la métaphysique à l'Ingénu, il initie sa métamorphose tout autant qu'il se familiarise à nouveau avec les vertus propres à un état de nature non corrompu : « Tout ce que disait ce jeune ignorant instruit par la nature, faisait une impression profonde sur l'esprit du vieux savant infortuné. » (p. 70)

Gordon n'est pas exclu de la veine sentimentale du conte puisqu'il se transforme lui aussi devant la noblesse des sentiments : « Il devait sa délivrance aux deux amants, cela seul le réconciliât avec l'amour ; l'âpreté de ses anciennes opinions sortait de son cœur. » (p. 87)

Enfin, certains critiques ont reconnu en lui Lemaître de Sacy, traducteur de la Bible de Port-Royal, emprisonné à la Bastille de 1666 à 1668 (analyse d'Éloise Lièvre in VOLTAIRE, *L'Ingénu*, Paris, Gallimard, coll. « Folioplus Classiques », 2004, p. 122).

LE PÈRE TOUT-À-TOUS

Confesseur jésuite poussant Mlle de Saint-Yves à céder à M. de Saint-Pouange, le père Tout-à-tous incarne le laxisme moral et la casuistique dans tout ce qu'elle a de plus pernicieux et de plus dangereux. Se montrant tout d'abord horrifié par le chantage dont Mlle de Saint-Yves est l'objet, son réquisitoire prend une toute autre direction lorsqu'il apprend que l'homme dont il est question est le parent de Mgr de Louvois, ministre de la guerre de Louis XIV.

Face au dilemme et à la culpabilité de Mlle de Saint-Yves, il personnifie à lui seul la fausseté et la duplicité des principes religieux faussement moralisateurs que Voltaire pourfend. Enfin, le nom même du père Tout-à-tous peut ironiquement évoquer la maxime jésuite « s'oublier complètement pour être tout à tous ».

ANALYSE DES THÉMATIQUES

Réquisitoire politique aux allures de pamphlet anticlérical, ce conte délivre une réflexion sur le thème alors en vogue du « bon sauvage ». Toutefois, *L'Ingénu* est aussi un récit d'apprentissage où la découverte du sentiment amoureux œuvre comme catalyseur de l'intrigue.

« GENS DE BIEN GROSSIERS » OU « COQUINS RAFFINÉS » ?

Un point de vue étranger

Il est assez fréquent en littérature de voir un étranger questionner innocemment le fonctionnement de la société l'accueillant. Ce procédé permet aux auteurs de dénoncer indirectement des abus sociaux, politiques ou religieux. Le nom même du protagoniste du conte, « l'Ingénu », garantit la neutralité de ses avis prononcés avec candeur, puisqu'il dit « toujours naïvement ce qu'il pense » (p. 11).

De plus, la spécificité de son point de vue tient de sa triple nationalité : Breton de naissance, Huron d'adoption, il a fait en Angleterre l'apprentissage de valeurs qu'il soumet à ses interlocuteurs français. Il déclare par exemple qu'en Angleterre, on laissait « vivre les gens à leur fantaisie » (p. 16), élaborant ainsi une critique en contrepoint d'une société régulée par une monarchie absolue, comparée à celle d'une monarchie parlementaire.

Une société ethnocentrée

La naïveté du Huron et les débats qu'il suscite permettent à Voltaire de critiquer l'ethnocentrisme de la société française. L'attitude des Kerbabon est empreinte d'une assurance paternaliste, comme le montre la récurrence du champ lexical de l'attendrissement : « Le prieur et mademoiselle sourirent avec attendrissement de la naïveté de l'Ingénu » (p. 17) ou encore « Le lendemain, son oncle lui parla ainsi après le déjeuner, en présence de Mlle de Kerbabon, qui était toute attendrie » (p. 31). Les habitants sont incapables d'imaginer qu'il puisse exister d'autres mœurs et coutumes que les leurs, et le débat noué sur la suprématie de la langue française (p. 12-13) est révélateur à cet égard.

Un décalage des coutumes et des valeurs

Les premiers échanges entre le Huron et les autres protagonistes ressemblent ainsi plus à un interrogatoire qu'à une véritable conversation. Si les sentiments naissants de Mlle de Saint-Yves la rendent « fort curieuse » (p. 13), le bailli est animé par un esprit inquisiteur : il est « l'interrogeant bailli » qui « ne pouvait réprimer sa fureur de questionner » (p. 15). Face à un auditoire empli de défiance, l'Ingénu fournit des explications pleines de sagacité et de raison. Par exemple, devant la réaction de l'auditoire choqué lui demandant comment il a pu « abandonner ainsi père et mère » (p. 12) et partir en Angleterre, il répond simplement qu'il est orphelin.

Le récit met en évidence les décalages sociologiques. Le début du second chapitre illustre la discordance entre les systèmes de valeurs françaises et huronnes :

> « L'Ingénu, selon sa coutume, s'éveilla avec le soleil au chant
> du coq, qu'on appelle en Angleterre et en Huronie *la trom-*
> *pette du jour* [...]. Il avait déjà fait deux ou trois lieues, il avait
> tué trente pièces de gibier à balle seule, lorsqu'en rentrant il
> trouva monsieur le prieur de Notre-Dame de la Montagne et
> sa discrète sœur, se promenant en bonnet de nuit dans leur
> petit jardin. » (p. 16-17)

La rencontre de l'Ingénu chasseur et des Kerbabon en
« bonnet de nuit » préfigure à elle seule les difficultés de
communication auxquelles le Huron va devoir faire face. Le
terme de « coutume » est éloquent. D'autres occurrences
de ce thème de « l'habitus », au chapitre III, préfigurent la
discordance des codes de conduites et les décalages parfois
dramatiques.

Par exemple, l'Ingénu veut « épouser » Mlle de Saint-Yves en
vertu de la loi naturelle et commence par redéfinir ce que
doit être la « vertu » de sa maîtresse. Plus tard, celle-ci se
confronte avec Saint-Pouange et le père Tout-à-Tous à une
autre acception du terme, puisqu'elle est contrainte de se
donner « par vertu » pour sauver l'Ingénu. C'est cette dif-
férence lexicologique, morale et factuelle entre ce que souhaite par amour l'Ingénu et ce qu'imposent par chantage les
courtisans, qui fait opposer aux « gens de bien grossiers »
des « coquins raffinés » (p. 50).

Une éducation sociale ?

L'une des volontés récurrentes des protagonistes de ce texte est de faire adopter au Huron le socle de valeurs éthiques et culturelles de la France de cette époque. Mais la difficulté de l'instruire ne vient pas de lui, mais plutôt de ses interlocuteurs : « Il fallait l'instruire, et cela paraissait difficile : car l'abbé de Saint-Yves supposait qu'un homme qui n'était pas né en France n'avait pas le sens commun. » (p. 20) L'utilisation de la conjonction de coordination « car » dans cette construction grammaticale souligne bien que ce sont les préjugés ethnocentriques du possible professeur qui sont en cause plus que les capacités de l'élève.

Le système éducatif tout entier est remis en question : le fils du bailli, bien que tout juste sorti du collège, est « un grand nigaud », et Mlle de Saint-Yves a eu son esprit « rétréci » par son « éducation provinciale ainsi que par « quatre années de couvent », « chose horrible, inconnue, chez les Hurons et chez les Anglais » (p. 36). Voltaire fait de la lecture un thème clé de son œuvre. Ici, ce sont les habitudes de lecture des habitants de Basse-Bretagne qui sont moquées puisque l'abbé de Saint-Yves admet lui-même ne pas comprendre ce qu'il lit, la Bible ne dérogeant pas à son incompréhension.

Un apprentissage naturel

C'est surtout auprès du père janséniste Gordon que l'Ingénu s'instruit, éducation d'autant plus paradoxale qu'elle s'opère dans un lieu de réclusion. L'Ingénu, décrit comme avide de connaissances (p. 52), progresse rapidement dans la science de l'homme car « n'ayant rien appris dans son enfance, il n'avait point appris de préjugés. Son entendement, n'ayant point été courbé par l'erreur, était demeuré dans toute sa rectitude » (p. 67).

Il apprend les sciences, l'histoire, la métaphysique et admet qu'emprisonné sans son professeur, il serait « dans le néant » (p. 60). Cependant, si Gordon est décrit comme « éclairé », ce dernier envie le bon sens de l'Ingénu et déclare : « [...] j'ai consumé cinquante ans à m'instruire, et je crains de ne pouvoir atteindre au bon sens naturel de cet enfant presque sauvage ! Je tremble d'avoir laborieusement fortifié des préjugés ; il n'écoute que la simple nature. » (p. 59)

En désaccord avec les idées de Rousseau, notamment concernant le mythe de l'Âge d'Or et du bon sauvage tels qu'ils ont pu être exposés dans son *Discours sur l'origine et les fondements de l'inégalité parmi les hommes*, Voltaire se positionne toutefois ici de manière plus nuancée sur « l'état de nature » et fait de cette alliance entre bon sens naturel et instruction un prototype idéalisé de ce vers quoi l'homme éclairé devrait tendre.

UN RÉQUISITOIRE POLITIQUE

Un pouvoir arbitraire

C'est tout d'abord la domination d'un pouvoir arbitraire qui est dénoncé dans *L'Ingénu*. La lettre de cachet (ordre signé de la main du roi condamnant un homme à l'emprisonnement sans qu'il ait besoin d'être jugé), telle que celle qui envoie le Huron en prison, est un privilège royal considéré comme un abus de pouvoir par de nombreux penseurs. Cet abus est d'autant plus grand que l'emprisonnement à la Bastille équivalait alors à une véritable condamnation à mort : « On le porte en silence dans la chambre où il devait être enfermé comme un mort qu'on porte dans un cimetière. » (p. 48)

L'incompréhension et l'étonnement de l'Ingénu est caractéristique d'une posture philosophique. Elle permet à Voltaire de souligner la partialité et l'absurdité d'une justice expéditive et d'un tel système politique, ce règne du « bon plaisir » résultant de la monarchie absolue de droit divin. L'instance ordonnant l'emprisonnement demeure invisible, le Huron se trouvant piégé dans les rouages d'une machine politique contre laquelle il ne peut rien. Le pouvoir est loin de ses sujets et son invisibilité participe à l'opacité des jugements rendus. Là encore, c'est en contrepoint un éloge de l'Angleterre qui est dressé : les Anglais ne condamnent pas les hommes « sans les entendre » (p. 71).

Les réseaux d'influence

La société entière est dépeinte comme infiltrée par ce pouvoir arbitraire tentaculaire et les réseaux d'influence sont largement dénoncés par Voltaire. Les instances judiciaires sont remplacées par des espions ou par des lettres de dénonciations envoyées aux ministres :

> « Ce même jour, le révérend père de La Chaise, confesseur de Louis XIV, avait reçu la lettre de son espion, qui accusait le Breton Kerbabon de favoriser dans son cœur les huguenots, et de condamner la conduite des jésuites. M. de Louvois, de

son côté, avait reçu une lettre de l'interrogeant bailli, qui dépeignait l'Ingénu comme un garnement qui voulait brûler les couvents et enlever les filles. » (p. 47)

L'influence des jésuites sur la politique intérieure française est particulièrement mise en avant par Gordon : « Les jésuites nous ont persécutés [...]. C'est pour cela que le père de La Chaise a obtenu du roi, son pénitent, un ordre de me ravir, sans aucune formalité de justice, le bien le plus précieux des hommes, la liberté. » (p. 51) En effet, Madame de Maintenon, maîtresse puis épouse morganatique (épouse d'un souverain issue d'un rang inférieur) de Louis XIV, fait régner à la cour un catholicisme ultra rigoureux : elle est d'ailleurs désignée comme responsable de nombreux revirements politiques concernant la religion (la révocation de l'édit de Nantes en 1685 en est un exemple flagrant).

La corruption

La corruption règne à tous les étages de la société. La cour est décrite comme un dédale où tout s'achète ainsi que le révèle l'expression « labyrinthe d'iniquités » (p. 79). Saint-Pouange est l'incarnation du sujet corrompu puisqu'il ne fait dépendre la liberté de l'Ingénu que de Mlle de Saint-Yves : « On offrit non seulement la révocation de la lettre de cachet, mais des réponses, de l'argent, des honneurs, des établissements. » (p. 74) L'usage du pronom personnel « on » permet d'ailleurs de détacher cette pratique de Saint-Pouange seul pour lui donner une portée générale.

L'amie de Mlle de Saint-Yves semble d'ailleurs bien au fait de tels agissements puisqu'elle explique que « les dignités de la guerre ont été sollicitées par l'amour ; et la place a été donnée au mari de la plus belle » (p. 79).

La critique de l'instrumentalisation des femmes au profit d'un pouvoir corrompu est d'autant plus vive qu'elle contraste avec le comportement de l'Ingénu pour qui seuls le mérite et la bravoure doivent constituer la raison d'un avancement social : « Je veux être utile ; qu'on m'emploie et qu'on m'avance. » (p. 47) Sa volonté d'être « utile » socialement s'oppose ainsi à l'égoïsme de Saint-Pouange.

ANTICLÉRICALISME

À cette satire politique qui, outre la caricature, teinte le conte d'amertume, se mêle une critique acerbe des dogmes religieux et de l'usage qu'en font les hommes.

Critique de la casuistique jésuite et de la direction d'intention

Le réquisitoire du Père Tout-à-Tous (qui pousse Mlle de Saint-Yves à se donner à Saint-Pouange) est une brillante caricature de la casuistique jésuite. C'est ici la notion de direction d'intention qui est particulièrement attaquée.

Celle-ci est au centre de nombreuses querelles entre jésuites et jansénistes de même que la cible de Blaise Pascal (1623-1662) dans ses *Provinciales* (1657). Pour les jésuites, un pêché peut se justifier si l'intention qui le motive est pure. Le Père Tout-à-tous déclare ainsi : « [...] les actions ne sont pas d'une malice de coulpe quand l'intention est pure ; et rien n'est plus pur que de délivrer votre mari. » (p. 77) En effet, s'il condamne d'abord le chantage, pensant qu'il s'agit là de l'œuvre de « quelque janséniste », le nom de M. de Saint-Pouange lui fait changer son argumentation. Il structure alors son discours de manière très claire et avec beaucoup de calme, en plusieurs points, en opérant un recadrage lexical et sémantique, et en l'agrémentant d'exemples. Sa dernière parole à Mlle de Saint-Yves se construit comme une formule religieuse toute faite et ironiquement détournée de la maxime jésuite : « [...] je prierai Dieu pour vous, et j'espère que tout se passera à sa plus grande gloire. » (p. 78)

La religion comme « ralliement de l'erreur » et opposée à l'entendement

La double temporalité du conte permet d'adresser une critique des institutions religieuses et de leur influence sur la sphère politique et les croyants. De même que pour la casuistique jésuite, les doctrines jansénistes sont tout aussi mises à mal par l'Ingénu dans les critiques qu'il formule à Gordon. Il déclare ainsi : « Je vous plains d'être opprimé mais je vous plains d'être janséniste. Toute secte me paraît le ralliement de l'erreur. » (p. 70) En effet, la religion, en ce qu'elle se fonde sur des dogmes et non sur l'entendement humain et la rationalité, constitue une cible pour les philosophes des Lumières.

Critique des pratiques religieuses

À partir du point de vue de l'Ingénu, Voltaire questionne les écarts entre les Saintes Écritures et les pratiques des croyants. Au début du conte, le Huron est décrit comme totalement indifférent aux us et coutumes religieux :

« On alla rendre grâce à Dieu dans l'église de Notre-Dame de la Montagne, tandis que le Huron, d'un air indifférent, s'amusait à boire à la maison. » (p. 19)

Cependant, les Kerbabon parviennent à le convaincre de se faire baptiser, et cela entre autre pour les retombées prestigieuses que la conversion d'un Huron pourrait avoir sur leur province. Une cérémonie d'apparat est alors organisée, mais l'Ingénu, nouveau lecteur des Testaments, préfère ce qui s'apparente à une « religion naturelle ». Il souhaite se faire baptiser non au cours d'une cérémonie fastueuse mais dans un fleuve, symbole christique de renaissance, comme les premiers chrétiens.

Cet événement illustre l'importance accordée au cérémonial et à l'apparence du culte, ainsi que l'emprise sociale de la religion sur les croyants. C'est d'ailleurs l'ingérence religieuse qui est la cause des malheurs de l'Ingénu et de Mlle de Saint-Yves. En effet, l'Ingénu se rend à la cour pour demander au roi la dérogation qui lui permettrait d'épouser la jeune femme, ce sacrement leur étant refusé à cause du lien religieux (décidé arbitrairement et sans vraie réflexion) entre marraine et filleul.

La révocation de l'édit de Nantes

Les persécutions envers les protestants depuis la révocation de l'édit de Nantes sont un thème clé de l'œuvre.

Les conséquences politiques sont exposées par un huguenot que l'Ingénu rencontre dans une hôtellerie à Saumur : Louis XIV perd « cinq à six cent mille sujets très utiles »

(p. 43), se fait des ennemis à travers l'Europe, tout en créant un manque à gagner économique pour le pays puisque les persécutés qui fuient les dragons sont « des drapiers et des fabricants » (p. 42) dont le commerce est essentiel à l'économie de la France. La prophétie de cet homme, qui espère que les jésuites responsables de tous leurs maux « seront chassés comme ils nous chassent » (p. 44), se réalise au moment où paraît *L'Ingénu*.

STYLE ET ÉCRITURE

L'une des spécificités de la pensée des Lumières est qu'elle ne s'exprime pas seulement dans des textes argumentatifs de type traité ou essai, mais qu'elle utilise comme vecteur de sa diffusion tous les genres littéraires à sa disposition : théâtre, roman, conte, etc.

Le conte philosophique est particulièrement adapté pour dresser un tableau critique de la société. Bref, dense et au ton mordant, son rôle est autant d'amuser que d'enseigner. Son ancrage souvent imaginaire permet de formuler des critiques acerbes et faussement naïves qui font sourire le lecteur et le rallient ainsi à la cause défendue par l'auteur.

UN MODÈLE STYLISTIQUE DE CONTE PHILOSOPHIQUE

Les clés du dialogue philosophique voltairien

Extrêmement concis, *L'Ingénu* a pour héros un Huron qui pose des questions naïves sur tous les aspects de la société qu'il découvre. Ce point de vue étranger apparaît comme le détour fictif idéal pour formuler un jugement critique sur la France du XVIIIᵉ siècle.

Dans cet apologue (court récit à visée morale) présenté sous forme de conte philosophique, les dialogues qui se nouent entre le jeune homme et ses interlocuteurs se situent dans la veine satirique de Voltaire. Le discours de l'Ingénu est marqué par des interrogations révélatrices de sa curiosité : « Et pourquoi fuyez-vous votre patrie, messieurs ? » (p. 42) ou « Mais, mon père, votre grâce efficace ferait Dieu auteur du pêché aussi : car il est certain que tous ceux à qui cette grâce serait refusée pécheraient ; et qui nous livre au mal n'est-il pas l'auteur du mal ? » (p. 53)

Chacune de ses questions innocentes met en évidence un écueil social ou religieux. Dans le premier exemple, il s'agit du sort des protestants ; dans le second, cette interrogation métaphysique oblige le père Gordon à faire « de vains efforts pour se tirer de ce bourbier » (p. 53). Mais ce sont surtout les interlocuteurs du Huron qui le questionnent, et ses réponses « naturelles » déstabilisent l'auditoire, permettant une confrontation de points de vue.

Toutefois, les marques énonciatives qui ponctuent le plus son discours sont les formes exclamatives, révélatrices de son étonnement naïf et sincère : « Il n'y a donc pas de lois dans ce pays ! On condamne les hommes sans les entendre ! Il n'en est pas ainsi en Angleterre. Ah ! ce n'était pas contre les Anglais que je devais me battre. » (p. 71) L'éloge en contrepoint de l'Angleterre, accentué stylistiquement par l'association d'interjections et de marques exclamatives, révèle encore l'empreinte de Voltaire sur son texte, et ce malgré que le conte, publié anonymement, soit attribué au Père Quesnel.

En effet, Voltaire, considéré comme « une puissance intellectuelle dont les jugements comptaient » (BEAUMARCHAIS (Jean-Pierre de), COUTY (Daniel), REY (Alain) et *alii*, « Voltaire » in *Dictionnaire des littératures de langue française*, p. 2 649), ne se situe jamais en dehors de l'énonciation.

Et son engagement à former son lectorat se fait partout sentir dans le texte, notamment par le biais d'insinuations mordantes sur les protagonistes : « L'ingénu, qui avait beaucoup de bon sens et de droiture, disputa mais reconnu son erreur, ce qui est assez rare en Europe aux gens qui disputent. » (p. 24) La généralité de la maxime ici énoncée par le narrateur dépasse la seule analyse du protagoniste, pour prétendre à une universalité de jugement que seul Voltaire, satiriste et intervenant de poids en Europe, peut formuler. C'est ici la « rage de dominer » dont l'homme fait preuve (*ibid.*, p. 2 650) qui est indirectement condamnée.

Le rire de Voltaire, un grincement

Gustave Flaubert (écrivain français, 1821-1880) considère le rire voltairien comme un grincement (lettre à Mme des Genettes, janvier 1860, cité dans GEVREY (Françoise), « L'image de Voltaire dans la correspondance de Flaubert », in CABANES (Jean-Louis), *Voix de l'écrivain : mélanges offerts à Guy Sagnès*, Presse Universitaires du Mirail, Toulouse, 1996, p. 146), faisant ainsi référence au ton mordant, à l'ironie constante et au style parodique déployés par Voltaire pour dépeindre la société et en critiquer les abus. Effectivement, la portée critique et subversive de *L'Ingénu* tient autant à son ton parodique et satirique qu'à son argumentation.

- **Les descriptions caricaturales**. Si un portrait de l'Ingénu est brièvement esquissé dans les premiers chapitres du conte, les autres protagonistes ne sont, quant à eux, décrits qu'à l'aide de quelques épithètes : « la belle Saint-Yves », « l'interrogeant bailli », etc. En associant à chaque personnage un trait distinctif, Voltaire brosse un tableau général de la société où chacun devient l'incarnation caricaturale d'un type de caractère ou d'une fonction.

Cette technique est caractéristique du conte : l'enjeu n'est pas l'analyse psychologique approfondie des personnages, mais la dénonciation d'un fonctionnement social. Ces descriptions font sourire. Mlle de Saint-Yves par exemple, pendant sa fuite, « s'informait adroitement des courriers s'ils n'avaient point rencontrés un gros abbé, un énorme bailli et un jeune benêt qui couraient sur le chemin de Paris » (p. 67). Ce tableau proposé par l'un des protagonistes, construit sur un rythme ternaire et comportant une gradation entre les adjectifs « gros » et « énorme », permet de créer une connivence par le rire avec le lecteur.

- **L'usage du sous-entendu.** Le sous-entendu fait aussi partie des procédés de l'écriture satirique : en laissant le lecteur deviner et imaginer les non-dits, l'auteur lui fait poursuivre une pensée polémique et subversive. Par exemple, lorsque l'abbé de Kerbabon est décrit comme « un très bon ecclésiastique, aimé de ses voisins, après l'avoir été de ses voisines » (p. 8), le lecteur comprend les insinuations auxquelles renvoie cette formule (le non-respect de son vœu de chasteté). De même, lorsque l'Ingénu déclare vouloir « épouser » Mlle de Saint-Yves, il fait référence non au sacrement de l'Église, mais à la loi naturelle (chapitre VI), ce qui crée une scène grivoise (rendue possible uniquement par l'utilisation du sous-entendu).

- **L'ironie voltairienne**. Caractéristique des ouvrages polémiques et satiriques du XVIIIe siècle, l'ironie implique une mise à distance des propos pour en soustraire l'essence principale. Le rire des Lumières n'est jamais sans conséquence et « l'allusion et le sous-entendu réunissent les textes libertins et philosophiques, le clin d'œil complice et l'appel à l'opinion » (DELON (Michel), « XVIIIe siècle », in *La littérature française : dynamique & histoire II*, p. 34). L'ironie est un procédé qui consiste à faire comprendre le contraire de ce qui est énoncé explicitement. Philippe Hamon analyse ainsi :

> « L'ironie construit un lecteur particulièrement actif, qu'elle transforme en producteur de l'œuvre, en restaurateur d'implicite, de non-dit, d'allusion, d'ellipse, et qu'elle sollicite dans l'intégralité de ses capacités herméneutiques ou culturelles de reconnaissance et de référents » (HAMON (Philippe), *L'Ironie littéraire. Essai sur les formes de l'écriture oblique*, Paris, Hachette, 1996).

L'antiphrase (figure qui consiste à dire le contraire de ce que l'on doit comprendre), est un procédé stylistique caractéristique de l'ironie qui implique l'exercice d'un jugement critique et distancié sur le discours produit. D'autres marqueurs tels que des procédés d'exagération, la référence à l'intonation du locuteur, ou des contradictions mises en évidence par l'auteur, permettent d'identifier l'intention subversive d'un discours ironique. L'entretien entre Mlle de Saint-Yves et le père Tout-à-tous en est un exemple. Ces différents procédés stylistiques ridiculisent le discours du jésuite et en pointent la caducité. La construction apparemment très formelle de son argumentation, structurée par des adverbes tels que « premièrement », « secondement », contraste avec le discours creux et détaché de tout fondement moral que produit le père jésuite pour défendre les agissements de Saint-Pouange. L'accumulation de marques exclamatives (interjections, points d'exclamation), les citations de saint Augustin (philosophe et théologien, 354-430) pour appuyer le raisonnement, la contradiction entre « voilà un abominable pêcheur » et « Monsieur de Saint-Pouange est un honnête homme » (p. 76), ainsi que le détournement de la formule doctrinale des jésuites « à sa plus grande gloire » (p. 78) qui clôt l'argumentaire, contribuent à décrédibiliser son discours et incitent à prendre une distance ironique et critique vis-à-vis de la Compagnie de Jésus.

Voltaire implique ainsi pleinement le lecteur dans ses écrits, et l'engage dans son débat de pensée.

UN CONTE PHILOSOPHIQUE AUX ALLURES DE ROMAN SENTIMENTAL

L'Ingénu apparaît comme un modèle de conte philosophique au service des idéaux des Lumières, mais sa structure ainsi que le traitement tragique, voire pathétique, de certains événements rapprochent cette œuvre du roman sentimental qui commence alors à éclore dans la littérature européenne.

Un « hybride » idéologique et narratif

Si le récit se construit sur une suite de coïncidences dont résulte une intrigue invraisemblable (notamment l'épisode de la reconnaissance de l'Ingénu comme le neveu des Kerbabon), l'attribution du texte au Père Quesnel ancre le conte dans une réalité politique et religieuse. La dimension merveilleuse d'habitude caractéristique du genre est réduite aux deux premiers paragraphes du conte qui font l'exégèse de la fondation du prieuré de la Montagne par saint Dunstan. Ancré dans le réel, *L'Ingénu* se déploie comme un texte complexe qui se rapproche du roman. Zvi Lévy, dans son article « L'Ingénu ou l'anti-Candide », déclare :

> « L'Ingénu diffère des autres contes en technique narrative comme en signification. Il est, en fait, un hybride narratif, comme il est un hydrique idéologiquement : conte voltairien pour le message optimiste, confiant dans la civilisation ; roman sensible pour le message pessimiste, désillusionné. En fait, les deux parties du conte s'opposent au moins autant qu'elles s'intègrent : optimisme et pessimisme sont affrontés et rien, dans le rapide épilogue optimiste, ne vient compenser la tragédie, équilibrer la charge de celle-ci. » (LÉVY (Zvi), « L'Ingénu ou l'Anti-Candide », in *Studies on Voltaire and the Eighteenth Century*, p. 45-67)

Cette dualité se construit durant le développement de l'intrigue et les critiques contemporains s'accordent sur cette binarité thématique.

D'un point de vue structurel, on peut cependant distinguer trois principaux mouvements dans le conte :

- les aventures bretonnes de l'Ingénu ;
- son voyage initiatique à Paris avec son emprisonnement ;
- et enfin, sa remise en liberté soldée par le dénouement tragique et la mort de Mlle de Saint-Yves.

À ce découpage structurel de l'intrigue fait écho l'évolution psychologique des personnages principaux. C'est cette évolution des caractères qui fait de *L'Ingénu* l'hybride narratif et idéologique dont parle Zvi Lévy. Contrairement aux productions contemporaines, le récit n'est pas construit sur un schéma purement manichéen, et ce malgré les descriptions caricaturales des protagonistes secondaires. Les sentiments font évoluer le trio de personnages clés du roman, à savoir l'Ingénu, Mlle de Saint-Yves et Gordon :

- Mlle de Saint-Yves apprend plus de ses mésaventures parisiennes que de plusieurs années au couvent ;
- Gordon a transformé ses croyances et ses jugements en découvrant auprès du Huron ce qu'était l'amour véritable ;
- l'Ingénu a appris des enseignements de Gordon.

Une esthétique du sensible

Outre sa portée philosophique, morale et politique, *L'Ingénu* développe une esthétique du sensible. Si les sentiments amoureux sont exprimés dans la première partie du conte sous un angle naïf ou grivois (par exemple les allusions érotiques liées aux attributs du héros antique quand l'Ingénu est baptisé Hercule), la seconde partie se révèle nettement plus dramatique. Le sort de Mlle de Saint-Yves est préfiguré dès le chapitre XIII et son destin devient fatalité : « Je ne sais quoi l'avertissait secrètement qu'à la cour on ne refuse rien à une jolie fille. Mais elle ne savait pas ce qu'il en coûtait. » (p. 66) Mlle de Saint-Yves est dépeinte en proie à des sentiments des plus extrêmes, alternant entre obéissance à la vertu, amour inconditionnel et culpabilité.

D'un point de vue stylistique, la passion et le désarroi de Mlle de Saint-Yves s'expriment par un rythme saccadé créé par l'emploi de longues phrases énumératives entrecoupées de virgules, figurant ainsi la respiration haletante de la jeune femme traquée :

> « Dès que la belle et désolée Saint-Yves fut avec son bon confesseur, elle lui confia qu'un homme puissant et volup-tueux lui proposait de faire sortir de prison celui qu'elle de-vait épouser légitimement, et qu'il demandait un grand prix de son service ; qu'elle avait une répugnance horrible pour une telle infidélité, et que, s'il ne s'agissait que de sa propre vie, elle la sacrifierait plutôt que de succomber. » (p. 76)

Sa mort dans les tourments de sentiments contradictoires est celle d'une héroïne romantique : « Je vous ai adoré en vous trahissant, et je vous adore en vous disant un éternel adieu. » (p. 98)

La description de son agonie, à un rythme ralenti comparé au reste du conte, permet d'insister sur le pathos de la scène et peut notamment évoquer l'esthétique des tableaux de Greuze (peintre français, 1725-1805), de telles descriptions étant alors très fréquentes pour les registres sensibles au XVIIIe siècle. Ainsi que le souligne fort justement Hugo Dionne dans son article :

> « L'esthétique du tableau qui unifie l'ensemble des genres sensibles de la seconde moitié du XVIIIe est docilement respectée : les personnages se déploient auprès du corps expirant de l'héroïne, comme la famille éplorée se disposait autour du père dans *Le Fils puni* ou *Le Contrat de mariage* de Greuze. » (DIONNE (Hugo) « Le paradoxe d'Hercule ou

comment le roman vient aux antiromanciers », in *Études françaises. De l'usage des vieux romans*, vol. 42, n° 1, 2006, p. 141-167)

L'Ingénu ressent alors un mélange de « compassion et d'effroi », sentiments caractéristiques des prémices du Romantisme.

Le Fils puni de Jean-Baptiste Greuze, 1778.

Ce conte philosophique est un hybride narratif et stylistique qui tranche avec les ouvrages de la même veine par sa constante hésitation entre tragique et optimisme. L'œuvre se clôt par une citation de Gordon qui invite le lecteur à poursuivre sa réflexion : « Il prit pour devise : malheur est bon à quelque chose. Combien d'honnêtes gens dans le monde ont pu dire : malheur n'est bon à rien ! » (p. 102)

LA RÉCEPTION DE *L'INGÉNU*

L'écriture de *L'Ingénu* a fortement été influencée par les événements politiques, sociaux et religieux contemporains et le conte connaît, dès sa parution, un certain succès auprès de son lectorat. Les thématiques abordées dans ce conte au style novateur ainsi que le questionnement sur sa paternité réelle séduisent le lectorat français.

LA RÉCEPTION LITTÉRAIRE

D'abord publié anonymement à Genève chez Cramer, puis à Paris dans plusieurs éditions, *L'Ingénu* connaît un succès retentissant et est réédité près d'une dizaine de fois dans les mois qui suivent sa parution. En effet, le conte est à l'époque un « petit genre » très à la mode, aux côtés du dialogue, de la facétie et des histoires. Voltaire cherche à toucher un public large et à l'amuser en recourant à ce type d'écrits.

La correspondance de Voltaire avec Lacombe, libraire parisien en charge de l'édition de *L'Ingénu*, est extrêmement révélatrice du contexte de publication ainsi que de l'attention portée par Voltaire à la préparation stylistique de son texte et à sa diffusion, deux vecteurs clés de la réception réussie d'une œuvre. Ainsi, dans une lettre datée du 7 août 1767 à M. Lacombe, il écrit :

> « Vous saurez, monsieur, en qualité d'homme d'esprit et de goût, qu'il y a dans le monde un nommé M. Dulaurent, auteur du *Compère Matthieu*, lequel a fait un petit ouvrage intitulé l'*Ingénu* lequel est fort couru des hommes, des femmes, des filles, et même des prêtres. Ce M. Dulaurent

Voltaire, prétendant toujours écrire de la part de M. Dulaurent (en réalité Henri-Joseph Du Laurens) poursuit sa correspondance avec Lacombe et lui fait remarquer toutes les erreurs et incohérences à corriger avant l'impression du texte, soulignant ainsi à quel point le style est pour Voltaire une arme au service du combat philosophique.

À partir du XIXe siècle, certains critiques remettent en question la forme même de *L'Ingénu* et considèrent que Voltaire, en diminuant la tonalité ironique du conte – en comparaison avec d'autres de ses œuvres – et en le « rapprochant des préoccupations et des usages du second XVIIIe siècle, [...] éloigne *L'Ingénu* du lectorat moderne » (« Le paradoxe d'Hercule », *op. cit.*, p. 145). Mais, en faisant évoluer l'ironie et en introduisant une structure complexe ainsi qu'une dimension pathétique comme aboutissement funeste à l'obscurantisme religieux, Voltaire permet à *L'Ingénu* d'évoluer de la structure originelle d'un conte pour emprunter des éléments de constructions, de tons et de sentiments, tout autant au roman qu'à la tragédie.

C'est une hypothèse que poursuit le critique Ronald S. Ridgway qui rattache quant à lui l'écriture de *L'Ingénu* aux tentatives contemporaines de Voltaire dans d'autres genres littéraires. Il avait notamment placé beaucoup d'espoir dans l'écriture de ses tragédies, œuvres fréquemment considérées comme mineures par la critique : « Les défauts de L'Ingénu, qui en font, contrairement à ce que pensait l'auteur, un ouvrage inférieur à Candide, sont ceux-là mêmes qui grèvent ses tragédies et ses comédies, soit l'exagération mélodramatique, et un trop grand accent porté sur les manifestations extérieures de l'émotion. » (cité dans « Le paradoxe d'Hercule », *op. cit.*, p. 147)

Si le but ici n'est pas de prendre parti quant à la qualité de l'écriture dramaturgique de Voltaire, il est important de souligner des constantes voltairiennes de styles ainsi que la perméabilité qui existait entre les différents genres.

Des adaptations musicales et cinématographiques ont été réalisées à partir de l'argument de *L'Ingénu*. En 1768, Jean-François Marmontel (1723-1799) compose le livret du Huron, opéra-comique sur une musique d'André Grétry (1741-1813). Un premier film est réalisé par Norbert Carbonnaux en 1971, qui réalise aussi une adaptation modernisée de *Candide*, soulignant ainsi la portée des critiques et des questionnements de Voltaire jusque dans l'époque contemporaine. Une seconde réalisation est faite en 1975 par Jean-Pierre Marchand. Il utilise pour ce film la technique de la surimpression, les acteurs se déplaçant devant un décor peint.

L'HÉRITAGE DES LUMIÈRES

Analyser la réception de *L'Ingénu*, c'est aussi analyser plus généralement l'influence des philosophes et polémistes des Lumières sur la fin du XVIIIe siècle, sur la Révolution française et sur les auteurs du XIXe siècle :

Diderot avec *Jacques le Fataliste* (1780), ou Beaumarchais (écrivain, poète et homme d'affaires français, 1732-1799) avec *Le Mariage de Figaro* (1784) poursuivent certaines des réflexions sur l'égalité, la tolérance, ou encore les agissements sociaux initiées par Voltaire. Beaucoup voient dans sa pensée se dessiner les prémices de la Révolution française qui débute en 1789.

La translation de son cercueil au Panthéon en 1791 est d'ailleurs l'occasion d'une grande célébration révolutionnaire et le cortège symbolique sillonne tout Paris accompagné d'une délégation de l'Assemblée nationale. Lors de la Restauration (1814), les dépouilles des grands hommes de la nation sont de nouveau écartées du Panthéon, ce qui souligne le regard très ambivalent que le XIXe siècle a porté sur Voltaire, philosophe immortel pour les uns, pamphlétaire satanique pour les autres.

Au XXe siècle, Voltaire est présenté comme le père des Lumières et Jean-Paul Sartre (écrivain et philosophe français, 1905-1980) voit dans son engagement l'exemple même de la fonction sociale de l'écrivain. Dans sa présentation des *Temps modernes* (Paris, Gallimard, 1945), ce dernier écrit :

La postérité de l'œuvre de Voltaire dépasse les seules dimensions littéraires, stylistiques et philosophiques et s'inscrit dans une réflexion plus globale sur l'engagement de l'écrivain dans son époque.

Votre avis nous intéresse !
Laissez un commentaire sur le site de votre librairie en ligne
et partagez vos coups de cœur sur les réseaux sociaux !

BIBLIOGRAPHIE

SOURCES BIBLIOGRAPHIQUES

- BEAUMARCHAIS (Jean-Pierre, de), COUTY (Daniel) *et alii*, « L'Ingénu » in *Dictionnaire des grandes œuvres de la littérature française*, Paris, Larousse, 1997.
- BEAUMARCHAIS (Jean-Pierre, de), COUTY (Daniel), REY (Alain) *et alii*, « Voltaire » in *Dictionnaire des littératures de langue française*, Paris, Bordas, 1994.
- CAMBOU (Pierre), *Le Traitement voltairien du conte*, Paris, Champion, 2000.
- DELON (Michel), « XVIIIème siècle », in *La littérature française : dynamique & histoire II*, Paris, Gallimard, coll. « Folio essais », 2007.
- DIONNE (Ugo), « Le paradoxe d'Hercule ou comment le roman vient aux antiromanciers », in *Études françaises. De l'usage des vieux romans*, vol. 42, n° 1, 2006, p. 141-167, consulté le 16 février 2017, http://id.erudit.org/iderudit/012928ar
- GEVREY (Françoise), « L'image de Voltaire dans la correspondance de Flaubert », in Jean-Louis Cabanès, *Voix de l'écrivain : mélanges offerts à Guy Sagnès*, Presse Universitaires du Mirail, Toulouse, 1996.
- HAMON (Philippe), *L'Ironie littéraire. Essai sur les formes de l'écriture oblique*, Paris, Hachette, 1996.
- LAFFONT (Robert) et BOMPIANI (Valentino), « L'Ingénu » et « Voltaire » in *Dictionnaire encyclopédique de la littérature française*, Paris, Robert Laffont, 1997.

- LÉVY (Zvi), « L'Ingénu ou l'Anti-Candide », in *Studies on Voltaire and the Eighteenth Century*, n° 183, Oxford, 1980, p. 45-67.
- STALLONI (Yves), *Écoles et courants littéraires*, Paris, Armand Colin, 2005.
- POMEAU (René) *et alii*, *Voltaire en son temps*, Oxford, Voltaire Foundation, 1985-1994.
- VOLTAIRE (Arouet, François Marie, dit) *L'Ingénu*, Paris, Gallimard, coll. « Folioplus Classiques », 2004.

SOURCES COMPLÉMENTAIRES

- BOUTTIER-COUQUEBERG (Catherine) *et alii*, *Le Trésor des Lumières*, Paris, Omnibus, 2013.
- RIDGWAY (Ronald S.), *Voltaire and Sensibility*, Montréal-Kingston, McGill-Queen's University Press, 1973.
- ROCHE (Daniel), *La France des Lumières*, Paris, Fayard, 1993.
- STAROBINSKI (Jean), « L'Ingénu sur la plage » in *Le Remède dans le mal*, Paris, Gallimard, 1989.

ADAPTATIONS

- *Le Huron*, opéra-comique sur une musique d'André Grétry, sur un livret de Jean-François Marmontel, 1768.
- *L'Ingénu*, film de Nobert Carbonnaux avec Renaud Verley, Jean-Lefebvre et Corinne Marchand, France, 1971.
- *L'Ingénu*, téléfilm de Jean-Pierre Marchand avec Jean-Claude Drouot et Pierre Vernier, France, 1975.

ICONOGRAPHIE

- Voltaire vers 1724. La photo reproduite est réputée libre de droits.
- *Le Fils puni* de Jean-Baptiste Greuze, 1778. La photo reproduite est réputée libre de droits.

Découvrez
nos autres analyses sur
www.profil-litteraire.fr
Analyse d'œuvre
Si c'est
un homme
de Primo Levi
Profil
Littéraire

Profil
Littéraire

www.profil-litteraire.fr

Éditeur responsable : Lemaitre Publishing
Avenue de la Couronne 382 | BE-1050 Bruxelles
info@lemaitre-editions.com

ISBN ebook : 978-2-8062-9413-5
ISBN papier : 978-2-8062-9414-2
Dépôt légal : D/2017/12603/90
Couverture : © Lisiane Detaille.

Conception numérique : Primento,
le partenaire numérique des éditeurs.